DEBUT D'UNE SERIE DE DOCUMENTS
EN COULEUR

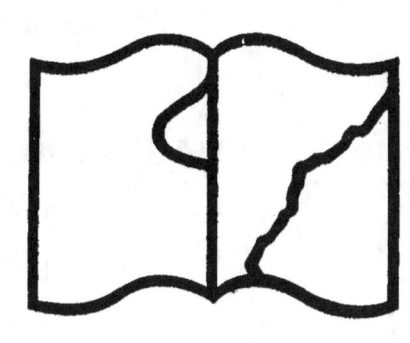

Texte détérioré — reliure défectueuse
NF Z 43-120-11

VALABLE POUR TOUT OU PARTIE DU
DOCUMENT REPRODUIT

L'ORIENTALISME

RENDU

CLASSIQUE EN FRANCE.

PAR M. GUSTAVE DUGAT,

Membre de la Société asiatique.

PARIS,

JUST ROUVIER, LIBRAIRE,

Éditeur de la Revue de l'Orient, de l'Algérie et des Colonies,
20, RUE DE L'ÉCOLE-DE-MÉDECINE.

1855

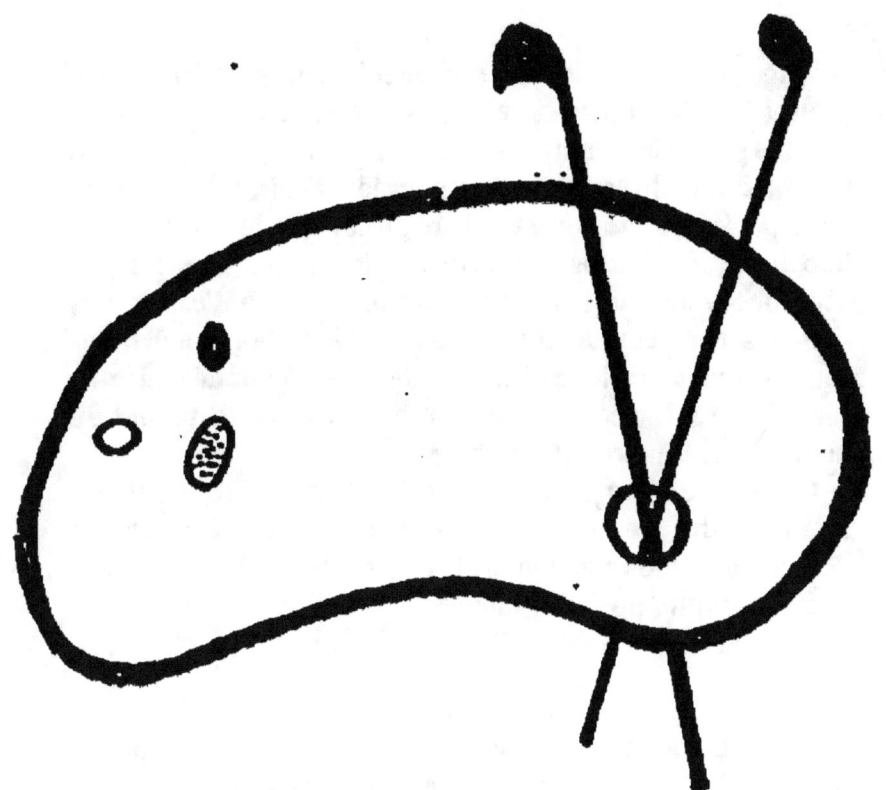

FIN D'UNE SERIE DE DOCUMENTS
EN COULEUR

L'ORIENTALISME

RENDU CLASSIQUE EN FRANCE.

Ériger dans chacune de nos Facultés des Lettres deux chaires de littérature orientale, l'une de sanscrit, l'autre d'arabe ; faire faire ainsi un premier pas, mais immense, à la réalisation de cette féconde pensée : *l'orientalisme rendu classique en France*, c'est là un projet que la science philologique, il y a à peine un quart de siècle, n'aurait pas osé concevoir; aujourd'hui il se présente à l'esprit des hommes compétents comme un projet élaboré, mûri, essentiellement pratique et qui ne demande pour devenir une réalité, un fait accompli, qu'une noble et forte parole du ministre de l'instruction publique.

Cette parole, ce *fiat lux orientalis*, nous ne tarderons pas de l'entendre ; car si les armes de la France attendent de l'Orient une gloire nouvelle, les lettres françaises en attendent aussi une nouvelle lumière.

I.

« Il y a pour chaque science, dit l'auteur d'une éloquente brochure[1] qui porte le même titre que notre travail, une époque majeure, pivotale pour ainsi dire, avant laquelle nonobstant des travaux considérables, elle n'existe point sinon en germe. Cette époque décisive, non de gestation, mais d'enfantement, cette crise, lors de laquelle une science se constitue, elle est arrivée sous Linné pour la botanique, sous Francklin et Volta pour la physique, sous Lavoisier et Fourcroy pour la chimie. C'est de notre temps qu'elle a lieu pour la linguistique et l'ethnologie. »

[1] V. *L'Orientalisme rendu classique*, in-8°, 2° édition. Nancy, chez Vagner; Paris, chez Benjamin Duprat.

Cette époque de gestation pour l'étude des langues et des littératures de l'Orient commença en France au douzième siècle. L'Eglise orthodoxe luttant alors contre les opinions nouvelles, les théologiens furent amenés à se faire orientalistes. On désignait alors sous ce nom ceux qui s'occupaient de l'étude des langues *sémitiques*, c'est-à-dire des langues qui avaient été parlées par la race du fils aîné de Noé et dont l'hébreu et l'arabe forment les principaux dialectes. En 1311, le concile général ouvert à Vienne vint prescrire l'enseignement de l'hébreu, du chaldéen et de l'arabe dans l'université de Paris, et en 1316 Jean XXII recommandait particulièrement à la Sorbonne la culture de ces langues. La création du Collége de France, en 1530, ouvrit une nouvelle phase à l'étude des littératures et des institutions de l'Asie. L'Ecole des Jeunes de langues, constituée par diverses ordonnances de 1669, 1718, 1721, 1781, supprimée à la Révolution, rétablie par le Directoire en 1797, reconstituée en 1825, vulgarisa l'étude des langues orientales ; mais les savants professeurs de cette école, chargés spécialement de former des drogmans, n'eurent pas le temps de s'occuper des intérêts de la science, de publier des textes, des grammaires, des dictionnaires, etc. De nos jours plusieurs élèves de cette école ont commencé à publier des travaux remarquables. Elèves d'habiles professeurs, ils sont devenus des maîtres eux-mêmes.

D'Herbelot, Galland, Petis de Lacroix, Cardonne, etc., mirent au jour des œuvres importantes ; mais ils ne léguèrent pas à leurs successeurs des instruments de travail d'une grande précision. Ils se bornèrent à appeler l'attention des savants sur les trésors de l'Orient. C'est à partir de la création de l'école des langues orientales, en 1793, qu'une ère nouvelle commence pour l'orientalisme. La science alors devient positive, critique. Les traductions au dix-neuvième siècle ne sont plus des travestissements comme au temps de Galland ; elles sont peut-être moins agréables à lire ; mais elles sont vraies, simples, sans fard. Au pinceau doucereux de Boucher a succédé la rude palette du réaliste Courbet. De grands orientalistes ont imprimé ce mouvement, cette féconde activité ; ils s'appelaient Champollion, Chézy, Abel-Rémusat, Saint-Martin, Eugène Burnouf, etc., brillants capitaines d'une phalange que commandait Sylvestre de Sacy et dont plusieurs glorieux officiers survivent à leur général,

Soldats sous Alexandre et rois après sa mort.

« Le magnifique mouvement dont nous parlons ne concerne malheureusement que l'ordre de la pensée pure ; que l'ordre littéraire, idéal et ce qu'on pourrait nommer la floraison de la science. Quant à l'ordre de choses terre à terre, c'est-à-dire où le savoir, afin d'être rendu permanent, reçoit une organisation matérielle et rétribuée, il n'y a encore presque rien de fait. Pour que les élèves de l'école des langues orientales et du Collège de France se déterminent à voir dans le vieux terrain qui les séduit autre chose que le lieu d'une simple promenade d'agrément ; pour qu'ils consentent à se livrer à l'orientalisme avec persévérance, avec ténacité, et pour qu'ils prennent le parti d'en faire exclusivement l'occupation de leur vie, besoin est que de tels sacrifices mènent à des résultats personnels sérieux, à une carrière. Sans cela, il ne se fera rien de durable. Et on est à portée d'apercevoir les dangers dont se trouve menacé, sous le rapport de la perpétuité, l'enseignement des idiomes de l'Asie [1]. »

Le préservatif est indiqué, c'est la création dans chaque Faculté de chaires de sanscrit et d'arabe.

II.

Tout en nous préoccupant vivement de l'avenir des orientalistes, nous avons aussi en vue de ranimer l'enseignement des Facultés qui se meurt de somnolence. Le vieux

[1] V. brochure citée.

classicisme ordinaire est en pleine décadence, l'affaiblis-
sement des études courantes est un fait visible, indéniable.
Le temps est loin aujourd'hui où la connaissance des classiques de la Grèce et de Rome constituait le seul titre d'un
philologue. La science a découvert dans l'antique Asie un
nouveau monde philologique. L'avenir littéraire de la France
dépend peut-être de l'introduction de l'orientalisme dans
l'enseignement. Nous avons marché depuis Voltaire, depuis
l'époque où il disait dans une lettre à l'abbé d'Olivet :
« Vous ne me condamnerez pas sans doute, quand je vous
répéterai que le grec et le latin sont à *toutes les autres
langues du monde* ce que le jeu d'échecs est au jeu de
dames; et ce qu'une belle danse est à une démarche ordinaire. » Depuis lors nous avons interrogé les pagodes, dé-
chiffré les livres des brahmanes, étudié l'antique civilisation de l'Inde dans ses gigantesques épopées. Nous avons
commencé la résurrection historique, littéraire, scientifique
du peuple arabe, de ce peuple, maître du monde à une
certaine date de l'histoire. «L'Iliade et l'Odyssée d'Homère,
l'Enéide de Virgile sont encore considérées de nos jours,
dit M. Pauthier, comme des chefs-d'œuvre qu'il n'a pas été
donné aux génies poétiques de tous les âges et de toutes
les nations de surpasser, ni même d'égaler; mais ces com-
positions, tout admirables qu'elles sont, pâlissent devant
les grandes épopées indiennes, comme le Pinde et les
Sept Collines devant l'Himalaya. » Athènes et Rome ne
peuvent plus suffire aux besoins de l'esprit humain. Nos
idées ont besoin de changer d'horizon. L'histoire de l'homme
n'est pas reléguée dans deux villes, deux contrées. Notre
mission est d'explorer le globe en tous sens.

Depuis la Renaissance, la haute civilisation européenne
a vécu en grande partie de cette source de l'antiquité classique ; « mais quelqu'abondante qu'elle fût, elle avait des
limites, et si jamais ses metteurs en œuvre l'ont regardée
comme inépuisable, ils se sont fait une grande illusion.
Quand l'or qu'on avait découvert là n'eût pas été mêlé de

bien des scories, pouvait-il subvenir sans fin à l'ardeur des recherches incessantes? Non, et quiconque ne se laisse point duper par le spectacle d'évolutions répétées, mais stériles, doit aisément voir qu'en fait de philologie, nous en sommes réduits à ressasser perpétuellement d'anciens sables aurifères, déjà dépouillés de leur métal.

« Eh bien ! quand la Colchide a eu donné toutes ses richesses, on en a demandé au Tage et au Pactole; quand le Tage et le Pactole n'ont plus rien fourni, on a exploité le Pérou ; à présent que le Pérou vieillit, on se jette sur le Sacramento. Telle est la marche naturelle des choses ; et les Facultés des Lettres qui se consument en vains efforts sur le terrain du grec et du latin, dont il n'y a plus de choses neuves à faire sortir, ont besoin d'une Californie.

« Cette Californie, heureusement elle existe, c'est l'Orient.

« Il est bien sûr que l'Orient, à vouloir le prendre dans son ensemble, nous déroulerait un programme beaucoup trop étendu, dans lequel une foule de points n'offriront jamais d'intérêt qu'aux savants tout à fait spéciaux ; mais, laissant de côté les langues qui ne sont pas arrivées pour nous au degré d'intérêt qui demande qu'on les répande beaucoup, nous en trouvons d'autres qui ont des rapports plus directs avec nous et avec les objets habituels de notre activité. On peut en nommer deux : le sanscrit et l'arabe, pour lesquelles l'heure est venue, et qu'il convient de faire entrer dès à présent dans la sphère, non pas sans doute des études courantes, mais de cet enseignement, qui, intermédiaire entre celui des lycées, et celui du Collége de France, est le patrimoine des facultés universitaires, et doit imposer ses leçons au doctorat, sinon à la licence ès-lettres. »

Disons quelques mots sur chacune de ces deux langues.

III.

Anquetil du Perron, en rapportant en France des manuscrits sanscrits qu'il avait recueillis au péril de sa vie, éveilla le goût des études indiennes. En 1807, le catalogue des manuscrits sanscrits existant alors à la Bibliothèque impériale fut publié par Langlès avec la colloboration de l'Anglais Hamilton. Napoléon, en 1815, créa pour de Chézy une chaire de sanscrit : ce fut la première établie en Europe. La France fut donc, comme en toutes choses, l'initiatrice de l'Europe dans la connaissance de la première langue de l'humanité. L'enseignement et les ouvrages de de Chézy la naturalisèrent définitivement chez nous : ce fut sous lui que vint l'étudier le savant professeur de Berlin, M. Bopp. Puis vint Eugène Burnouf, successeur de de Chézy, qui envisagea les lettres indiennes sous un point de vue aussi large que philosophique.

« Au milieu de ce monde presque tout nouveau pour nous, l'Inde, avec sa langue si savante, avec sa pensée religieuse si profonde, sa pensée philosophique si abstraite et si hardie, son imagination si poétique et sa nature si merveilleuse, nous apparaît comme le grand et antique foyer de la pensée humaine, comme le point central et rayonnant de ce vaste cercle d'idées philosophiques et religieuses, d'idiomes frappants de consanguinité, qui a enveloppé la haute Asie et qui a fini par embrasser presque tout l'ancien monde. C'est, en effet, sur les hauts plateaux de l'Asie qu'a été jetée primitivement l'énigme du genre humain ; c'est de là que le grand fleuve de la civilisation est parti avant de couvrir l'Europe et avant de laisser derrière lui de vastes déserts de sable. L'humanité ne peut être bien comprise partiellement. Il faut la voir dans son ensemble ; il faut assister à sa naissance, à son âge viril et à sa décadence ; il faut pouvoir renouer les anneaux de cette grande chaîne qui, comme le Nil, dérobe encore son commencement aux regards du monde. Cette chaîne, pour nous, a son anneau le plus reculé dans l'Inde ; c'est jusque-là, comme jusqu'aux montagnes de l'Abyssinie pour le Nil, qu'il a été donné à la science humaine de remonter. Il est peut-être réservé à l'avenir de soulever le voile qui couvre encore les hautes origines du monde [1]. »

L'étude approfondie du sanscrit nous semble destinée à nous révéler un jour quelques-uns de ces mystères. « Le sanscrit, inestimable diamant dont l'Inde peut s'enorgueillir à meilleur droit que du *koh-i-nour*, le sanscrit, qui, rien que par sa régularité savante et les vastes richesses de sa grammaire, mériterait d'être placé sur un trône au milieu des langues de l'antiquité, quand même il n'aurait pas produit cette littérature éloquente et pure, si supérieure en moralité à celle des Grecs et des Romains ; cette littérature immense, dont, par bonheur, tant de monuments se sont conservés, depuis les magnifiques épopées dont elle s'honore, antérieures aux âges homériques, jusqu'aux beaux et nobles drames écrits sous les inspirations d'un ordre de choses plus récent, vers l'époque du siècle d'Auguste. Outre sa valeur intrinsèque ou absolue, le sanscrit a pour nous, occidentaux, une valeur relative non moins grande. C'est le plus ancien type conservé du groupe lingual, connu sous le nom de famille indo-germanique, indo-perse, ou, mieux encore, indo-européenne. Il n'y a rien dans la langue de Corneille et de Voltaire, qui ne provienne ou de l'élément *greco-latin* ou de l'élément franc, c'est-à-dire germain, ou de l'élément gaulois ; or cette triple origine fait triplement remonter notre idiome à la noble souche sanscrite.

« Dût-on, au reste, soit en France, soit ailleurs, ne considérer que l'intérêt des études classiques ordinaires, en laissant à part la haute littérature comparée et la linguistique générale ; eh bien! à un point de vue tout vulgaire, il y aurait à désirer encore de voir s'établir parmi nous, dans une certaine mesure, la connaissance du sanscrit, sinon précisément chez tous les professeurs de nos lycées (quoiqu'elle ne dût être inutile à aucun), au moins chez

[1] G. Pauthier, traduction des *Essais sur la philosophie des Hindous* de Colebrooke.

ceux qui commentent et modifient des grammaires[1]. »

Ce que nous proposons de faire pour le sanscrit, la plus riche des langues indo-européennes, faisons-le aussi pour l'arabe, la plus riche des langues sémitiques.

Ce fut Henri III qui établit en 1587 la première chaire spéciale pour l'enseignement de l'arabe. Depuis lors cette langue a continué à être enseignée au Collége de France. Mais ce fut surtout après la création de l'école spéciale des langues orientales vivantes que cet enseignement fut constitué scientifiquement par Sylvestre de Sacy. Depuis l'illustre professeur, l'Ecole n'a pas cessé d'être le foyer des fortes études arabes. Les professeurs d'arabe aux chaires publiques de l'Algérie, sortis de son sein, continuent en Afrique les traditions de leurs savants professeurs.

La langue arabe est peut-être, comme le sanscrit, une langue primitive. Jusqu'à l'islamisme, les Arabes ont vécu d'une vie intime. Aucun mélange étranger n'est venu s'incorporer en eux. Quoique leur idiome n'entre pas dans notre cercle lingual et que le tour de la pensée n'y soit plus le même que le nôtre, il est à remarquer que nous sommes, nous Français, mieux que d'autres préparés à l'étude de cette langue. Comme la nôtre, elle est sans inversion, droite, mathématique, et sa syntaxe plus quintessenciée, n'en offre pas moins plus d'une analogie avec la nôtre. Il est d'usage de diviser l'arabe en deux langues : l'arabe vulgaire et l'arabe littéral ; mais il n'y a qu'un seul arabe parlé ou écrit plus ou moins correctement, suivant le degré d'instruction de ceux qui le parlent ou l'écrivent. Il est facile à ceux qui sont préparés par l'étude de l'arabe régulier d'acquérir la connaissance de l'arabe usuel, qui n'est pas un idiome à part, mais le résultat de l'inobservance ou de l'oubli d'une partie des règles. C'est donc l'arabe correct, régulier qu'il convient d'introduire dans les Facultés. De temps immémorial, les Arabes étudient leur

[1] V. brochure citée.

langue dans les classiques exclusivement, dont ils cherchent toujours à se rapprocher. Aussi nous ne pouvons connaître l'arabe avec la même promptitude et la même perfection que les musulmans instruits qu'en étudiant comme eux les mêmes classiques. C'est donc surtout la langue consacrée par les auteurs qu'il importe d'apprendre, celle dans laquelle écrivirent Averrhoés, Avicenne, Maçoudi, Hariri, Meydani, Cazwini, Abou'lféda, Ibn-Khallikân, Ibn-Khaldoun, Abdallatif, Makrizi. C'est la belle langue dans laquelle avaient chanté Lebid et les *Choara* du désert, et qui, fixée par Mahomet, est demeurée comprise universellement de Maroc à Chiraz, à cause du Corân, qui, adopté partout comme manuel scolaire, l'a mise jusqu'à présent à l'abri des ravages du temps.

Pour concilier les intérêts de la science avec les exigences de la pratique, on pourrait, dans le cours de l'enseignement de l'arabe régulier, faire connaître les inobservances grammaticales admises dans le langage usuel, les tournures particulières, les mots dont le sens a dévié de la signification primitive, ceux qui sont nés dans la localité. Le dictionnaire arabe est sans limite, un *océan* véritable, et, comme l'a dit le savant général Daumas, *El-lor'a-el-arabyya bir bla kââ*, « la langue arabe est un puits sans fond. » Il serait donc nécessaire de familiariser les élèves avec les mots les plus usités, de faire remarquer dans l'explication des textes que tel mot employé en écrivant ne serait pas compris de tout le monde dans la conversation; que telle tournure est trop élégante, trop correcte, pour être à la portée de la majorité. On consacrerait ainsi une partie des leçons à l'enseignement d'un arabe mixte, ni trop élevé, ni trop bas. Le type de ce cours existe en France : c'est celui de M. Caussin de Perceval, à l'école des langues orientales vivantes. On ne saurait trouver un meilleur modèle.

La littérature des Arabes est immense : leur vie contemplative, recueillie, latente, vie du foyer, les amenait naturellement à la méditation, à l'étude. Aussi, n'est-il

peut-être pas de peuple qui ait autant écrit. Le nombre de
leurs poètes est incalculable. Quoiqu'inférieure sous certains rapports à la muse indoue ou à la muse gréco-latine,
la muse arabe a des inspirations heureuses, elle a surtout
une vigueur incomparable. Elle s'éloigne, du reste, des
deux par son allure toute moderne; elle est personnelle et
réaliste au plus haut degré; elle est, en même temps, hardie, énergique, douce et harmonieuse. La littérature arabe,
comme toutes les autres, a eu son époque classique; nous
la trouvons dans le siècle qui a précédé Mahomet et dans
celui qui l'a suivi. Les sept poëmes suspendus (*Moallakât*)
au temple de la Mekke, à cause de leur perfection, en sont
les premiers monuments. Alors le goût est sévère, les vers
sont grands, quelquefois sublimes. La poésie de cette époque manque, il est vrai, de variété; mais elle est en harmonie avec l'état de civilisation du peuple arabe. L'inspi-
ration des poètes païens ne sort guère des habitudes de
la vie nomade et guerrière : le cheval, le chameau, la lance,
le sabre, leurs montures et leurs armes qu'ils considèrent
comme une partie d'eux-mêmes, s'enchevêtrent à tout in-
stant dans leurs vers avec l'objet de leur amour. Sous les
Omeyyades, la poésie conserve son caractère primitif, son
allure franche et naïve. Il ne s'y mêle encore aucun al-
liage. L'esprit du désert rejetait avec peine son indépen-
dance et semblait fuir le contact des mœurs nouvelles.
Sous les Abbassides, la poésie se transforme. La société arabe bouleversée perd son cachet original. Les traditions littéraires du paganisme s'arrêtent. La cour de
Bagdad, devenue le centre de la civilisation arabe, fait
sentir son influence sur la langue poétique qui s'adoucit,
se perfectionne, s'agrandit; mais alors elle commence à
prendre un air affecté, et le vers maniéré apparaît.

Les Arabes nous intéressent encore à d'autres points de
vue que la littérature. Sous les grands khalifes abbassides, le peuple arabe, devenu le gardien des sciences qui
ne se cultivaient plus guère que chez lui, en conserva le

dépôt, et quand il le transmit à d'autres, il ne le rendit pas
sans l'avoir accru. Aussi, nous découvrons, parmi les traductions qu'il avait faites, certains fragments d'antiquités
qui, sans elles, auraient été perdus [1] ; il nous a été aisé
de constater de combien de progrès on lui est redevable.
On a eu tort de prétendre que les Arabes n'avaient fait
que copier les Grecs. En philosophie, ils ne se bornent pas
toujours à commenter Aristote, ils pensent par eux-mêmes.
Toute la scolastique du moyen âge a été puisée dans leurs
écrits. Parmi leurs célèbres philosophes, l'Arabe espagnol
Ibn Sabin, professait des doctrines en harmonie avec les
progrès de la connaissance humaine dans les temps modernes. Ils ne restèrent pas non plus stationnaires pour
d'autres genres d'études : entre autres, pour la philosophie de l'histoire et du droit, dans laquelle Ibn Khaldoun
est un prédécesseur si remarquable de Vico et de Montes-
quieu ; ou bien pour la géographie et les voyages, où nous
profitons, encore à présent, des relations rédigées par Ibn
Haukal et par Ibn Batouta, et surtout du vaste savoir de
l'Edrisi. Il en fut de même de l'art de guérir, qui, perfec-
tionné par les doctes médecins chargés de la clinique de
Bagdad (ville où fut organisé le premier service d'hôpitaux
réguliers), en vint jusqu'à pressentir mille choses mal à
propos réputées modernes, et par exemple à pratiquer de
premiers essais de lithotritie. Ils nous ont laissé des trai-
tés originaux qui, mieux connus, pourraient servir les intérêts de la science.

« On a cru qu'en mathématiques, et spécialement en
astronomie, les Arabes n'avaient été que des copistes et
de serviles imitateurs des Grecs : une telle opinion, qui

---

[1] Témoin, par exemple, le petit traité d'Euclide sur la balance, lequel, perdu en grec, vient, il y a peu d'années, d'être retrouvé en
arabe. Je puis citer un autre exemple : ce sont sept livres inédits des
Administrations anatomiques de Galien, également perdus en grec, et
dont je publie la traduction, d'après un manuscrit arabe d'Oxford,
avec M. le docteur Daremberg.

cadrait mal avec la possession où nous sommes d'un globe céleste exécuté par eux dès le treizième siècle, ne peut plus se soutenir depuis que, mieux renseignés, nous voyons Abou'l Wéfa signaler et décrire, dès l'an 975, le troisième mouvement irrégulier de la lune, cette *variation* dont la découverte passait pour un des titres de gloire de Ticho-Brahé ; depuis que se montrent à nous, soit Abou'l-Hassan substituant à l'emploi des *cordes*, en trigonométrie, celui des sinus et des tangentes, soit Ibn-Haithem exposant clairement, huit cents ans avant Carnot, les éléments de la géométrie dite de *position*. Au reste, de pareils faits ne doivent pas étonner de la part du peuple à qui appartient, sinon précisément la généralisation des calculs, puisque les Indous lui en disputent l'invention, au moins l'honneur d'avoir développé l'algèbre, et cela, jusqu'au point d'y avoir fait entrer les équations du 3ᵉ degré. »

Un idiome, dans lequel ont été tracés de tels bulletins de la marche de l'esprit humain, est un idiome à coup sûr digne de faire partie du domaine de la civilisation et d'entrer dans l'enseignement des Facultés des Lettres ; on en jugerait ainsi partout. Mais nous sommes doublement tenus, nous autres Français, d'assurer ce résultat par un enseignement permanent, nous qui, embrassant aujourd'hui l'Algérie dans notre territoire, avons acquis des milliers d'Arabes pour sujets et presque pour concitoyens.

IV.

L'idée de créer en France, dans chaque Faculté, une chaire de sanscrit et une chaire d'arabe est maintenant admise [1]. Du fond de sa retraite de Berlin, l'homme le plus

[1] Cette institution est d'autant plus nécessaire à la France, qu'à l'étranger l'enseignement des langues orientales a reçu une plus grande extension et doit exciter notre émulation. Ainsi, dans presque toutes les universités d'Allemagne, il y a un professeur de langues sémitiques et un professeur de sanscrit. En Angleterre, en Irlande et en Écosse, les langues orientales sont enseignées dans les universités

encyclopédique de l'Europe, Alexandre de Humboldt, y a donné la plus complète adhésion. Des corps savants, parmi lesquels il faut placer en première ligne les académies de Metz et de Nancy, appelés à donner leur avis sur cet important projet, l'ont étudié avec maturité. Il est prêt maintenant pour la réalisation. Quant aux dispositions à prendre pour assurer à ces chaires un auditoire, non pas nombreux, mais réel et permanent, elles pourraient consister en une mesure très-simple.

« Sans exiger des aspirants au doctorat ou à la licence ès-lettres, ni moins encore des professeurs de lycées ou de collèges la connaissance du sanscrit, bien qu'il soit devenu indispensable à toute haute et sérieuse philologie, comme principe et clef des langues européennes, il suffirait de déclarer qu'on *tiendra compte* aux candidats de cette connaissance, ainsi que de celle de l'arabe, ou, en d'autres termes, d'annoncer que s'il y en a parmi eux qui possèdent l'une ou l'autre des deux langues dont il s'agit, on considérera ce fait comme un titre de préférence à l'obtention des places, lorsqu'ils se présenteront, du reste, à droits égaux avec leurs concurrents.

« Il paraît facile encore, et par un moyen qui ne coûterait non plus rien à l'État, d'attirer l'attention et la faveur du public sur les langues orientales, auxquelles on préparerait ainsi des élèves dès avant l'âge où la jeunesse peut suivre les cours des facultés : il suffirait d'ajouter aux ouvrages de *Grammaire comparée* adoptés pour les lycées, quelques lignes, éclairant par le sanscrit, les règles et les exceptions de nos langues indo-germaniques, qui toutes en dérivent et indiquant les plus évidentes racines sanscrites. De cette façon, on pourrait aussi donner aux élèves une idée générale du génie des idiomes sémitiques. Rien n'empêcherait non plus les professeurs de rhétorique et de se-

---

d'Oxford, de Cambridge, de Londres, de Dublin, d'Edinburgh, de Glasgow, de Saint-Andrews, d'Aberdeen, et dans les collèges de la compagnie des Indes, Haileybury, Eton, Addiscombe.

conde de lire en français à leurs élèves un petit nombre de passages choisis, traduits des meilleurs auteurs sanscrits et arabes, en faisant à ce sujet un peu de littérature comparée.

« Si les deux genres de chaires à établir dans les Facultés des Lettres sont nécessaires d'abord au point de vue classique, combien aussi ne deviendraient-elles pas utiles à titre secondaire, comme fournissant de premiers échelons vers la connaissance d'idiomes orientaux plus modernes. Le goût du persan naîtrait aisément chez les auditeurs des cours de sanscrit. Rencontrant là, sur leur chemin, la source du Zend et celle du Perse, ils suivraient avec plaisir le fil par où, de ces langues mortes, on est conduit au persan. D'avance, ils auraient appris à reconnaître beaucoup de racines de l'idiome de Hafiz et de Saadi. Et quant au turc, il a beau être, linguistiquement parlant, aussi étranger à la famille sémitique qu'à la famille indo-germanique, comme c'est par centaines ou par milliers qu'il s'est approprié avec la civilisation coranesque les mots et les phrases qui en étaient l'expression ; comme, par conséquent, il n'y a plus moyen d'apprendre un peu bien l'othoman si l'on ne sait d'abord l'arabe régulier, c'est aux professeurs de cette dernière langue qu'il appartient naturellement d'être nos initiateurs pour le turc. La tâche d'en donner les premiers éléments échoira, sans objection, aux quinze ou seize titulaires des chaires arabes des facultés.

« La création de ces deux chaires ne pourrait pas être immédiate sans doute ; mais le principe serait proclamé sur-le-champ, et une fois reconnu, il commencerait à produire ses heureux résultats. On le formulerait nettement par un décret qui érigerait, dans chaque faculté, une chaire de *sanscrit* et une *d'arabe*, tout en réservant au gouvernement pour y pourvoir un délai de trois ans ou même de cinq. Dès lors, on ne tarderait pas à voir se former des sujets aptes à les remplir, et à mesure qu'il en apparaîtrait de capables, les nominations auraient lieu.

« La combinaison proposée allume sur divers points de

l'Empire divers foyers d'où se répandra le nouveau savoir. Enfin, et surtout ce système possède l'avantage d'offrir aux jeunes savants un but d'ambition raisonnable, un but assez à leur portée, pour qu'en présence de l'espérance de l'atteindre, il puisse se former, en France, une petite phalange de sanscritistes et d'arabisants sérieux, regardant *comme une carrière* le professorat des langues orientales. »

A l'aspect de la marche descendante des études classiques que rien n'arrête, il est temps de savoir prendre un parti. Aujourd'hui doit-on craindre le réveil et la nouveauté? Et puis, à côté du but ancien de l'étude des langues orientales, se montre celui d'instruire l'Orient. La vulgarisation de l'étude de ces langues en France amènera forcément ceux qui s'y livreront à composer, pour les Orientaux, des livres dans leur langue, destinés à leur faire connaître notre histoire, notre littérature, nos sciences, à les initier graduellement à notre civilisation.

En présence des événements qui se passent en Orient, est-il possible de fermer les yeux sur leurs conséquences, sur les relations permanentes qui ne peuvent manquer de résulter de ce premier grand rapprochement de l'Orient et de l'Occident? La Turquie, l'Asie-Mineure, l'Égypte, l'Afrique, la Perse, l'Arabie, l'Asie centrale et beaucoup d'autres pays, aujourd'hui ensevelis dans leur ancienne barbarie, s'ouvriront à l'influence civilisatrice de l'Occident. La France et l'Angleterre, les deux nations les plus civilisées du monde, vestales de l'humanité, sont naturellement destinées à porter le flambeau chez les peuples barbares ou à demi barbares de l'Orient.

« Notre époque n'est pas sans rapport avec le siècle de la prise de Constantinople, temps où les souvenirs de l'antiquité allaient périr, s'ils n'eussent été sauvés par l'élan de zèle érudit qui se manifesta tout à coup, et qui tira tant de parti de la machine de Guttemberg. Ce qui se passa pour le grécisme alors, a lieu maintenant pour l'orientalisme. La décadence du monde musulman, qui date déjà de loin, les crises surtout qui le bouleversent depuis cent ans pour le renouveler, ont déjà fait disparaître beaucoup de manuscrits anciens que renfermaient la Turquie, la Perse, l'Égypte et l'Afrique. Si l'on ne se hâtait de rassembler, de comparer et de publier les meilleurs de ceux qui restent, l'on aurait à déplorer la perte d'ouvrages importants, pages mémorables de l'histoire de l'esprit humain [1]. »

Mais, pour arriver à ce résultat, il faut de nouveaux travailleurs. La mesure proposée, en répandant l'orientalisme, agrandira les rangs de la petite phalange d'orientalistes dont le but grandiose est de reconstituer le passé historique, littéraire et scientifique de l'Orient, d'aider par la vulgarisation des sciences européennes à en régénérer les peuples abâtardis. Nous le disons donc avec confiance, et en toute liberté, au ministre qui vient de poser, d'une main si ferme, les bases de la rénovation de l'instruction publique en France, la création d'une chaire de sanscrit et d'une chaire d'arabe dans chacune de nos Facultés des Lettres est la plus haute partie et en quelque sorte le couronnement de son œuvre. Cette mesure ne peut pas paraître trop hardie ; elle est facile à prendre, et le jour qu'elle sera réalisée, elle réunira les suffrages unanimes du monde savant ; car l'orientalisme devenu classique, n'est pas seulement l'orientalisme étendu, vulgarisé, *européanisé*, c'est l'orientalisme sauvé ; c'est la prise de possession, l'exploitation intellectuelle de l'ancien monde, devenu nouveau à force d'antiquité ; c'est le berceau de l'humanité, de la civilisation reconquis par les nouvelles croisades de l'intelligence. Honneur au ministre qui attachera son nom à une aussi pacifique et glorieuse conquête. Les Christophe Colomb de l'orientalisme auront trouvé en lui leur Isabelle.

[1] V. Brochure citée.

Paris. — Imp. de Pommeret et Moreau, 17, quai des Augustins.

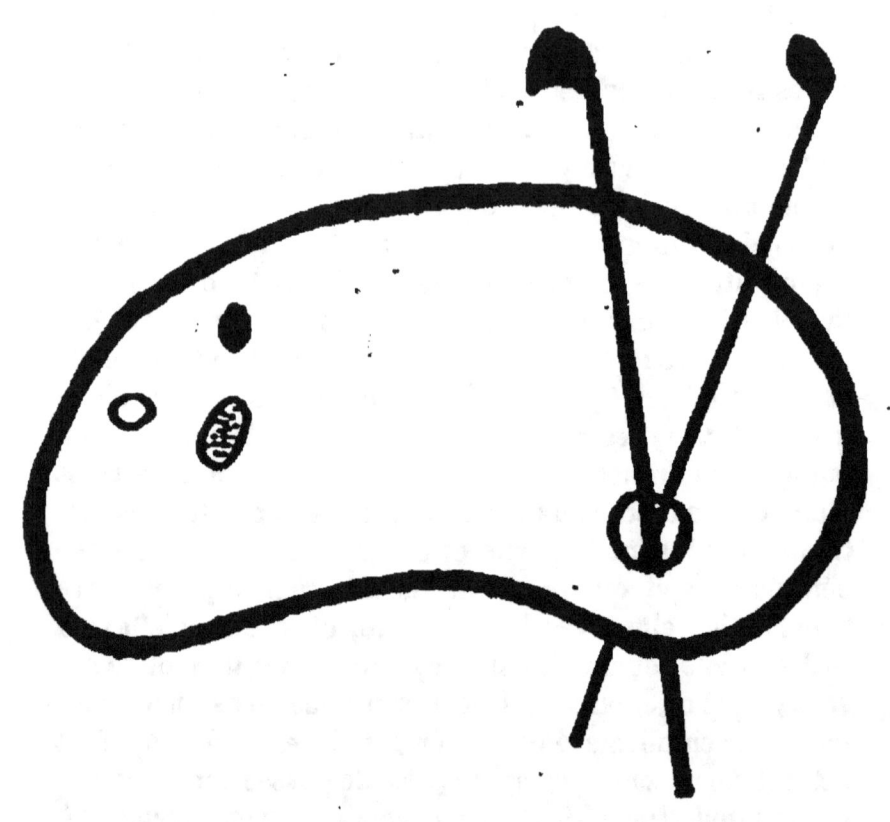

ORIGINAL EN COULEUR
NF Z 43-120-8